KB126545

당신이 찰랑거리고

장수라

1968년 전라남도 고흥에서 태어났다.
명지대학교 일반대학원 문예창작학과 박사 과정을 수료했다.
2010년 『시와 문화』를 통해 시인으로 등단했다.
시집 『당신이 찰랑거리고』를 썼다.

파란시선 0148 **당신이 찰랑거리고**

1판 1쇄 펴낸날 2024년 9월 10일
지은이 장수라
인쇄인 (주)두경 정지오
디자인 이다경
펴낸이 채상우
펴낸곳 (주)함께하는출판그룹파란
등록번호 제2015-000068호
등록일자 2015년 9월 15일
주소 (10387) 경기도 고양시 일산서구 중앙로 1455 대우시티프라자 B1 202-1호
전화 031-919-4288
팩스 031-919-4287
모바일팩스 0504-441-3439
이메일 *bookparan2015@hanmail.net*

©장수라, 2024, printed in Seoul, Korea

ISBN 979-11-91897-86-9 03810

값 12,000원

*이 책 내용의 전부 또는 일부를 재사용하려면 반드시 저작권자와 (주)함께하는출판그룹
파란 양측의 동의를 받아야 합니다.
*잘못된 책은 바꾸어 드립니다.
*지은이와의 협의 하에 인지는 생략합니다.

당신이 찰랑거리고

장수라 시집

시인의 말

사라지는 것을 사랑한다
지워지는 것을 사랑한다

불타는 소멸

빛처럼
신을 향한 노래처럼

차례

시인의 말

해설

제1부

회전문

청둥오리가 날아가며 강물에 파문을 만들었다 잠깐 담갔던 발가락으로 강이 출렁인다 사소한 동요만으로 다른 세계로 잠수한다 지난밤 꿈속에서 몇 모금의 물을 마시느라 온밤을 허비했다 당신과의 통화와 어느 작가의 몇 문장으로도 오래된 이미지는 바뀌고

죽음이 잠시 들어와 통과되지 않은 말들로 바싹 타 버린 물가 이번엔 비명을 질러 볼까 허리를 꺾어 볼까 머리가 두세 개인 메두사가 되어 볼까 발견하기 위해 질문을 던지며 시선 속으로 들어간다 파문은 동심원을 그리며 터널을 연다

당신을 만나기 위해 문을 연다 너무 아름다우면 끌려가기도 하나 보다 시선이 서로에게 향해 있을 때 손가락이 인동덩굴처럼 길어진다 문을 열기 전의 나를 이젠 기억하지 못한다

구름 안부

잘 지내느냐고 구름 편에 소식을 전해 왔다
장마가 길어져 아직 축축하다고 대답해 주었다
바람에 햇빛 한 자락 숨겨져 있는지
뒤적여 보는 습관이 생겼다고도 했다

구름은 사라지는 속도만큼 빨리 만들어지며
처음 살아 보는 세상처럼 누워서 흘렀다
목마른 양 숨 가쁜 말이 되어
구름을 헤쳐 보는 게 일과였다
언젠가 가 본 적 있는 구름 너머를
물끄러미 바라보며 꽃말을 주고받았다

소란스러운 여름날
바람이 노을을 풀어놓을 때
다음 무늬를 짐작해 보곤 한다
바람은 공중에서 헤맬 때 너를 꿈꾸는 중이라고

알록달록한 조개들을 바다처럼 쓸며
구름보다 더 풍성하고 바람보다 더 멀리
너의 그늘로 뛰어간다

네 이름으로 고요 한 채 지을 때
시원한 나뭇잎으로 깊어지겠다

버찌가 까맣게 톡톡

一

여럿이 뒤풀이로 이어지는 술자리에서였다
한 시인의 스무 살 첫사랑 얘기가
모듬전 접시 위에 올려졌다
백 년 만에 들어보는 신화가 감질나게 출렁거리던 사이
사내의 주름은 산맥과 골짜기를 타고 흘렀다
바윗덩이 같은 주먹을 우르르 굴려
뭉툭해진 눈물을 번갈아 가며 훔쳐 냈다
가슴에 아직 동맥으로 흐르는 그녀 탓이었다
사내의 눈물은 붉었다
눈에선 가뭄에 까맣게 타 버린 버찌가
연신 으깨어져 쏟아졌다
영업이 끝나 시간은 하얗고
도달점을 찍지 못한 서러운 혼잣말
바싹바싹 타는 소문처럼 귀가 간지럽다
마른 바람이 가슴을 훑어간다
언제 올지 모를 여름 장마를 기다리며
익은 버찌를 안고 걷는 밤
시간이 도망간 긴급 수혈 신고

一

놓을

빛을 놓을 시간,

늑대의 시간이 온다

빛의 산란이 시작되었다

천랑성이 뜨는 하늘은

너무 아름답다는 이유로 거짓말을 한다

저토록 유치해야 거짓말이라 할 수 있지

나로 똘똘 뭉쳐 있어야 거짓말을 할 수 있지

빛이 깨지고 일상이 깨져

서로의 신비로움을 알게 될 때

무거워질 대로 무거워졌다는 것이

―

긴 침묵으로 표현될 때

막차를 기다리듯 혼자 남는다는 것

내 안에 그대가 충분히 들어와

풀어헤쳤으나 타락할 기미가 없다

타락하지 않았다는 것은 충분히

풀어지지 않았다는 것

너의 힘은 허구일까

놓아야 채워질 모습이므로

새장에 갇힌 새의 시간이므로

놓는다는 건 뒤로 밀리거나 위로 무겁게 쌓이는 것

―

의자 위에 노을이 앉았다

아무 이유 없이 서 있는 나무처럼

꽃을 사러 가

꽃을 태우기 위해 꽃을 사러 가네
태우다가 간혹 꽃의 유령을 만나기를 바라면서
유령을 만나러 가는 길은 여러 단계가 있어
몸을 그림자로 바꿔야 해

어떤 꽃을 만날까
프리지어를 고를까
장미가 나을까
꽃들을 나열하는 일도 즐거운 일이지

꽃잎이 마르는 중에도 소곤소곤
수많은 이야기를 들을 수 있어
한 잎 두 잎 모두 바람으로 흩어지기 전
붙잡아 두려고
날짜를 정해 꽃을 사러 가

마른 영혼에는 어떤 냄새가 나는지
꽃의 유령을 달래다 악몽을 꿀지도 몰라

태울 꽃을 주세요

말하고 싶은 걸 애써 누르며
낯선 화원 주인 앞에서 그림자를
내려놓지 않아도 될 거야

향과 색깔을 어느 기억 속에 넣을까
꽃이 야위어 가는 대기 속에서
드라이플라워라고 웅얼거리면
기타 튕기는 소리가 나

꽃을 만나러 갈 준비를 해야지
아무리 먼 곳일지라도
이 세상 어디에도 없는 꽃에게로 가야지

모란을 그대에게 보여 주려고

—

모란을 그대에게 가지고 가는 동안 꽃잎은 지고 맙니다

그대 손에 도착하기도 전에 해가 저물었습니다

날마다, 그대에게 가져갈 모란 화분에 물을 줍니다

한 계절은 왜 이리 빨리 가는지요

그대에게 가져갈 모란은 이리 고운데요

아직도 꽃은 피는데

날마다 꽃병을 준비하여 두는데요

그대에게 도착하기도 전에,

꽃잎은 금방 지고 맙니다

꽃밥은 노을처럼 펼쳐집니다

—

멀리 시선을 둡니다

그러게요

그대에게 도착하기도 전에요

파프리카

구름을 뒤적이다 보면 어릴 적 큰아버지네 집이 있었던 바닷가에 도착해요 밀물 때면 마당까지 바닷물이 들어오던 집, 방 안까지 물이 들어오면 어쩌나 걱정이 되던 밤 이불에 오줌을 쌌어요 하얀 조개껍데기가 사그락거리는 소금 거품에 양말도 젖고 바지까지 젖어 버렸죠 챙이를 둘러 쓰고 옆집에 소금을 얻으러 갈 때도 보았던 구름 파프리카 모양 구름들이 떼 지어 가고 있었어요

어떤 구름은 멈춰 있었죠 내 볼에도 붉은 파프리카 몇 알쯤 열렸을 테죠 바다도 몽글몽글 소금 거품 파프리카를 꺼내 놓아요 혼자 갔던 해안에 나를 펼치면 파프리카가 쏟아져요

오랜만에 만난 아버지가 땀을 식히느라 벗어 든 중절모자에도 온통 파프리카 멀뚱멀뚱 나를 쳐다보면서 딸기를 으깨어 베어 물던 언니의 주황 파프리카 생뚱맞게 쳐다보던 동생의 노랑 파프리카가 석양으로 번져 가고 있었어요

지평선에 와 닿았던 구름이 파프리카가 될 가능성을 꿈꿔 봐요 하늘은 엎어진 찐빵 느리게 가는 그 문을 열어요 그

길을 쭉 가다 보면 구름과 섞이는 게 무엇인지 알 수도 있겠군요 내 모든 것은 그곳에서 왔어요

  파프리카 식물로 뿌리 내린다는 것 뿌리를 갖는 것은 잎으로도 살고 열매로도 살아 보는 일이니까요 그리움이 적막을 밀고 올 때마다 있는 힘을 다해 예의 바릅니다 코르크 마개처럼 비어 있는 사람들 사이에서 오랫동안 기다려요 하늘도 바다도 있는 힘을 다해 기다려요 몽실몽실하고 푹신한 문장을 지어 나의 집으로 몰고 오고픈

국수역에 가면

一 한때 이 시간쯤이면
　　국수역에 가곤 했다
　　경의중앙선 전철을 타고 강을 따라간다
　　소통이 끊긴 도시 풍경의 단편 같기도 하고
　　외부의 침묵보다 내부의 침묵이 더 짙어 보이는 마을

　　자물통 채워진 낮은 담장을 지나
　　인적 끊긴 쓸쓸함이 느껴지던
　　국수역에 가곤 했다
　　꿈길 같기도 한 길을 쭉 걷다가
　　다리 난간에 서서 개울물 소리에 귀 기울였다
　　물의 근원지를 가늠하다가
　　그대가 올 것 같은 착각에 빠지곤 한다

　　기차역만큼 길어진 팔
　　빛을 좇아 그림자까지 길어진 동네일까
　　밭도랑 무더기 쑥 몇 줌 뜯어 가방에 넣고도
　　적막이 길어진 저녁이었다

二 눈 마주친 들꽃에게 묻는다

너희 집은 어디야
이런 들판에 한 평이라도
내 말년을 위한 거처 한 칸
마련해 두면 좋겠다는 소원 같은 다짐도 했다

홀연히 전철 타고 도착한 밤
연고 없는 마을에 와서 국숫집을 찾아 두리번거린다
국수를 기다리는 동안,
난로 위에 양은 주전자 뚜껑이 들썩인다
약초 달여 낸 깊고 뜨거운 물맛이
국수보다 먼저 폐부까지 도착한다

그림자는 점점 짧아지고
깊이 잠 못 든 날 아침이면
오래전 국수마을 골목이 그리워
따뜻한 차가 입에 당긴다

바다의 설법

─

　내가 물에 잠길 때마다 스스로 구제하지 못하는 것은 수영을 못 해서가 아니라 바다에 물이 너무 많기 때문이라고 생각했다

　청춘을 지나 강산도 무심히 몇 번 더 바뀌기까지도 우주가 이미 품어 버린 걸, 바다 탓을 하느라 우둔한 내가 부처님 혀가 길다는 장광설이 주는 설법을 몰랐다

　땅도 설법하고 중도 설법하고 삼세 모든 것이 설법하는데 만질 수도 볼 수도 없는 허공까지도 설법을 하는데

　이 물을 다 마셔 버릴 거야

　바다에 맞서 울며 토로해도
　결국 뻥 뚫린 허공이 품어 버린다는 걸 몰랐다

　허파에 대해 생각하고 잠수에 대해 생각한다 잠수함에 대해서도 생각한다 오래된 흑등고래에 대해 생각한다 따개비도 망둥어도 광어나 해녀가 토해 낸 많은 기도를 생각한다

─

노을을 낳고 해를 낳고 오래된 해적선을 낳았던 바다는 바람의 어머니, 소원 보따리라는 걸

그냥 흘러가는 물에게 물었어야 했다

빌린 이야기

페르시아 시인 루미의 노래를 기억합니다

진주 하나가 경매에 올랐는데
아무도 그것을 살 만큼 돈이 충분하지 않자
진주는 자신을 사 버렸답니다

어떤 누구도 나를 기억하지 않듯이
어느 누구도 나를 선택하지 않듯이
나만이 나를 구제할 수 있듯이
스스로 나를 구원해야 하듯이
내게 손을 내밀어 나를 끌어올려야 하듯이

당신은 말했습니다
그런 운명을 모색하고 있다고요

자신의 시대를 읽기 위해 자신을 이용한다는 걸까요
아직 수용되지 않았으나 수용되기를 바라는 운명으로요

당신을 오게 하는 방법이 없어서
돌아오지 못할 길에 붙들렸습니다

문득 졸린 시간에 당신을 보내고
목적지를 지나쳐 불안과 마주합니다

가끔은 흐름을 거스르는 불가능한 계산을 해 보면서
나를 예시 삼아 참고 사항이 되기로 합니다

맥락을 변형시키는 일에는 위험이 따르겠지만
때로는 스스로를 유폐시켜 내버려 둡니다

스스로 섬이 되는 일이
무언가를 증언하는 것이기도 합니다
내게 월계관을 씌우는 일 또한
가치를 해방시키는 일입니다

오롯이 유일한 진주처럼
보이지 않던 것들이 얼핏 보입니다

플래시백처럼

반짝!

턱

一

  아침 산책길에 만난 노랑턱멧새는 엄지손톱만 한 태양을 가슴에 모시고 있었습니다 노랑보다는 서쪽 하늘을 닮은 석양 같기도 합니다 경계가 애매한 주황색이 턱일까 가슴일까 새가 맞는지 판단할 겨를도 없이 휘파람 소리 실타래로 풀어지는 몽롱함에 입술이 멈추었습니다 사뿐히 눈에 밟힌 저 경계는 더 이어 갈 생 같기도 하고 골몰해야 할 겸손 같기도 합니다 노랑에 가까운 주황의 세계로 들어갈 구멍이 있을 것만 같아서 혹여 발이라도 헛디딜까 숨죽여 발걸음을 멈춥니다

  산책이란 오늘의 명상을 결론 내리는 일일지도 모르겠습니다 턱이라고 해야만 아침이 더욱 아름답게 기억되는 일이라는 듯 목으로 떨어지는 곡선에서 정오의 태양 빛이 쏟아집니다 지평선을 헤아리는 설렘 저 이름은 아슬아슬이거나 펑펑 눈물이거나 뒤도 돌아보지 않는 매력이어서 열쇠 없는 문인지도 모릅니다 잠글 수 없어서 열어 놓은 곳 베란다로 통하는 바람 턱은 꿈에서만 자유롭게 날아다니는 나비 한쪽 날개, 한쪽을 찾지 못한 장갑 한 짝

二

  새는 사방을 두리번거리며 경계를 늦추지 않습니다 타인

의 손가락 끝을 주시하며 방향을 잃을 때 나의 턱은 늘 초
승달처럼 차오르기를 기다립니다 입안에서만 풍선을 불며
달 터뜨리기를 반복합니다 산책의 시간이 가뭇가뭇 초조해
지기도 합니다 어떤 이는 서둘러 걷고 어떤 이는 머물렀습
니다 햇빛 알갱이가 머문 턱은 오늘을 구애하는 주문 불꽃
이 올라온 가슴 중심엔 무엇이 있을까 가슴에서 벌어지는
일은 상관없다는 듯 두 손을 턱에 고이고 창가에서 기다리
는 일을 합니다 노랗게 터질 때까지 잘 익은 노랑 가슴은
어느 나라의 과일일 거라고 거짓말을 하기로 했습니다

안개

버스 안 유리창엔 비가 자주 내렸어요
지금 생각해 보면
비는 한 방울 내리지 않는데 흐르던 빗물

비 오는 저녁 막차 버스 기사님 선곡이 늘 그래요
우는 사람도 따라 부르는 취객도 없는데
그날은 안개 낀 대교를 지나가고 있었어요

그런 날도 엄마는 부엌에서 손만 조용히 움직여
한 상 그득 밥상을 내오십니다
일상에 어디 급수가 있을까요
안개와 엄마의 밥상은 늘 급수가 높습니다

엄마 앞에서 나는
때때로 멈춰 있고
때때로 두 눈을 부빕니다

비 오지 않는 날에도 안개는 유리창에 비를 내리고
엄마의 밥상은 늘 차려져 있습니다
늘 차려져 있어서 눈물이 납니다

눈뜨자마자 듣는 음악에 푹 가라앉습니다
날마다 일요일 같으니까 이대로
안개 위에 누워 있기로 합니다

비가 오지 않는 안개 자욱한 날에
유리창의 빗줄기를 세던 그때의 여자와
흐느끼던 취객은 지금 어디에 있을까요

정류장에서 잠깐 쉽니다
걷는 사람 걷는 까치 걷는 나무를
수차례 지나왔습니다
놓았거나 놓쳤거나 내가 앉았던
의자를 그곳에 남겨 두고
버스는 안개 위를 다시 출발합니다

봄이 오면 종로경찰서로 간다

一 세상의 풍경이 꽃잎으로 지워지고 있었다
아직 도착하지 않은 고요가
몇 백 년 전부터 서서히 오고 있었을 그날
도대체 목련나무에 무슨 일이 생긴 것인지
종로경찰서 목련나무가 그녀의 나무가 되었다
가슴에 자리를 잡는다는 것은
시작된 질문도 없이 이미 끝난 질문

벌 나비 수없이 무심하게 스쳤을 텐데
그 후 해마다 봄이면
종로경찰서 목련을 보러 갔다는 여자
봄을 지키는 문지기 경찰관의 눈동자에도
꽃잎은 지고 있었다

이제 꽃을 피울까 말까
연인을 바라보듯 꽃을 바라본다
꽃은 신의 영역
꽃잎들은 언제나 언쟁 중일 테니,

二 카페 앞 종로경찰서는 그냥 풍경일 뿐

34

봄의 목젖을 간지럽혀 그날의
여자와 남자를 하얗게 토해 낸다

늘 나무를 뒤로 보내는 꽃잎들, 당신이 온 듯
하얀 재가 되어 날린다
당신이 두고 간 봄마다 변절의 말을 뱉고 있다

갈라파고스 해변에서

一

바다사자를 만나러 갈라파고스로 가야지
모래 위에서 뒹굴뒹굴 낮잠을 즐기다가
낯선 여행객의 눈길도 무시해야지

오후가 기울어진 숲을 바라봐야지
경계 없는 눈빛으로 느슨한 오후를 떴다 감았다 하며
분홍 이구아나가 되어야지

동물원을 깨부수고 야생이었던 그곳에서
고독이 처음인 것처럼 마지막 종이 되어야지
산소를 호흡하고자
열망으로 가득한 날들을 뒤로하고
바다에 몸을 던져야지

종의 기원을 쓴 다윈의 발자국을 따라
코를 킁킁거려야지
하루 종일 짝을 찾는 황홀한 오후를 보내야지

이쪽 해안에서 저쪽 해안으로 해가 질 때까지
시곗바늘이 가리키는 숫자를 지우고

—

늘어진 시간을 묶어 놓아야지

코끼리거북 등딱지 주름을 지루하게 세면서
언어들을 풀어 보내야지

제2부

시선

숲속에 들어서니 당신이 불렀다 알프스산맥 같은 등을 엎드리며 업어 주겠다고 했다 새들이 일제히 지저귀기 시작했다 미루나무 잎 부딪히는 소리가 쏟아지는 총격 같았다 가슴을 두들기는 이름, 울림 없는 부두와 없는 도시가 출렁였다 어떤 대답을 할지 몰라서 돌탑 사이 빨간 야생화에 겨우 시선을 두고 있었다 다른 어떤 곳보다 늦게 아침해가 뜨는 곳 생선 가운데 토막 같은 석양이 하늘 중간에 걸리던 동네였다 서쪽 하늘 끝으로 사라져 가는 강가에서 갈댓잎을 한 움큼씩 훑어 던지며 놀았다 길다랗게 드러누운 나무 한 그루가 멀리 흘러가고 있었다 아침마다 강과 계곡을 열어젖히며 깨어나는 눈먼 자들의 도시 모든 것들이 가라앉아 오로지 당신의 집만이 우뚝 서 있는 곳 꿈은 사냥꾼처럼 드물게 다가와 매일 밤 들짐승이 되어 찾아간다

페르시아 양탄자 정원

—

　꽃을 아직 보지 못했군요 천 년도 더 된 정원이에요 하늘 아래 땅, 물이 흐르는 곳 그 공원에 꽃씨를 뿌리면 가운데서부터 천 개의 태양이 뜨고 있다지요 수선화와 튤립 구근을 심은 곳에 그대는 색조 빠뜨린 겨울 안부를 전해 오겠지요 분수대에서 물이 피어올라 땅의 목마름을 축여 주면 내가 젤 좋아하는 백일홍과 해바라기가 가득 올라올 거고요 세상의 모든 아름다움이 거울로 모여드는 이 분수대에 발을 담가 볼게요 그때쯤이면 사막을 헤매다 닳은 신발과 지쳐 흩어진 우리 이야기도 새 옷을 갈아입고 수초처럼 자라나겠지요 바깥은 어디쯤일까요 고유한 나를 찾아가는 당신에게로의 여행, 꽃들이 지천인데 페르시아 양탄자 정원이라면 어때요 태양과 더 가까이 있을 수 있을 텐데요 사라진 말들 감기가 든 말들 정글을 헤맨 생채기들 늦은 밤 비 오는 도시를 지나갈 때 찹찹한 흙냄새로 묵은 말들을 옮겨 올 테지요 노란 당신의 집은 어디쯤인지 건물 아래로 한 줌의 비로 내릴게요 바람을 데려와 더운 나라 통째로 먹고 빨리 갈게요 불빛의 긴 행렬이 더 붉어질 때까지 긴 꽃대를 밀어 올려 볼게요 저 멀리 구부러진 길을 따라 당신도 오고 있나요 길을 잃지 않게 들꽃을 밝혀 둘게요 바람의 말에 이정표를 확인하세요 낙타 방울 소리로 거

—

대한 여백 키우며 숲 가운데로 오세요 담요 위에 앉아 세
헤라자데 천일야화를 들으며 하늘을 날아오세요

Esthesia

가는 것과 잠이 든 것은 어떻게 구분되는 것일까 빛이 더 이상 들어가지 않는 경계, 명암이 되어 버린 장롱이 담벼락에서 조는 시간 원목 장롱문을 여니 추억이 기울어져 있다 신발을 보관하는 방법을 알려 주기라도 한 것처럼 수십 컬레의 구두가 층층이 쌓여 있다

단조롭게 주목받는 짧은 무엇, 마치 헤어지기 좋은 시간을 마련하려던 것처럼 떠날 때 정리할 사람이 없었을까 알 수 없는 아이러니가 장롱문을 통해 흘러나왔다 자신이 버려진 줄 모르고 길옆 꽃 한 송이가 별빛과 연결되듯 머무는 곳에서 언어가 되살아난다

나니아로 가는 관문, 우주의 힘이 낯선 생명들과 연결되어 어리고 나이 든 신발들이 빛을 받고 있다 모든 것은 헛것이고 허깨비라는 듯 세상의 발 아무리 많아도 신을 수 없는 날개 달린 헤르메스의 신들

빛의 윤곽이 회반죽 되어 가는 과정에서 귀밑 구부러진 징후가 고요하게 읽힌다 구두코가 햇빛이 너무 밝다고 말한다 아는 걸 모른다고 말한다 꽃을 피운 길들을 잊었다고

말한다 이 세상에 오기 전의 세상이라고 말한다 아름다운 것은 눈물 나는 것이라고 말한다 세상의 것들과 연결된 것들은 모두 나약하다 우리를 품어 안은 우주는 쓸쓸한 영혼에 편들고 싶어 할 것이다

　떠돌아다니는 것 이미 엎질러져 흘러가는 것 휘감겨 목적을 상실한 것 추억을 향하다가 그것 또한 아무것도 아니게 사라져 가는, 네게로 가는 길은 이토록 어려웠다 낮달 하나가 나를 부르는 깊은 겨울날의 명령

*Esthesia: 미학적인 마음.

말

―

　에로스와 아가페 사이에 이행 과정이 없었다면 들을 수 없던 말일 거야 사랑한다고 말했던 바로 당신 입에서 흘러 나온 말이었으니

　내게 장기판을 들먹이며 한마디했지 병도 졸도 없이 말만 달리는 형상이라고 당신의 말은 어느 누구에게도 들어보지 못한 운명 같은 말이어서

　그건 잔인한 말이라고 자꾸만 지적해 주고 싶었지 뭐야 그 말에 비로소 나를 볼 수 있었으니까 언제나 시처럼밖에 뉘앙스를 부여할 줄을 몰랐으니 관계엔 시의성이 있다고 의문을 가졌다면

　최초의 고백처럼 변함없는 강도로 날개는커녕 내놓을 거라곤 하반신 다리 근육뿐이었던 내가 심하게 절뚝였지 엄마로부터 받은 바느질 솜씨와 아버지에게 물려받은 빈손, 하얗게 각질이 일어나는 모래사막 손을 가졌어

―

　풀만 다듬어 아이들 배를 채우고 허기지면서도 밀렵할 의도를 꿈꾸지 못하는 삽화 같은 말이었어

  밤이면 밤하늘을 달릴 말이 없어

  ―물길을 터 주세요 창가에 불이 났어요 내게도 계절이
있답니다 겨우내 칼을 갈던 연둣빛 잎새가 삐죽거리고 있
답니다―날마다 속삭이면서

  계절처럼 각자의 시간과 거리가 필요하다는 걸, 인정하
는데 아마도 아마도 당신만큼 겁먹었을 거야 사랑이 내가
꼭 얻고 갖춰야 할 덕목이 아님을 알았어 팔다리에 새 가
지가 움트면 그 틈새로 봄을 전달해 혀뿌리로 옹알이하며
눈 코 입이 촛불처럼 만개하고 있었어

  그래서 괜찮아
  밤의 말을 이해하며 꽃이 지는 시간
  열매는 불꽃을 품고 내 이마 위에서 자라는 중이니까

다정한 사람

─

　하데스의 지하 세계를 지날 때 모두들 오르페우스처럼 뒤돌아보지 않겠다고 다짐한다 스스로 자신의 눈을 찌르지 않겠다며 그런 우둔한 자신을 용서하지 않는다

　다정한 사람 1이 말했다 사랑이 어찌 변합니까 영화 대사처럼 말하며 표정에 자신감이 넘쳤다 올림포스산 정상에 가 봤지만 신의 제단은 보지 못했습니다 시인은 신이었을 거라며 스스로 사제라고 말했다

　층층이 농담을 벽처럼 쌓아도 쉬 여자가 걸려드는 것은 노련한 연습의 결과입니다 다정한 사람 100이 껄껄 웃으며 말했다 가령 감정 사기가 가치관이 된 경우라고 했다

　각자 목적에 맞는 가면을 보여 줄 뿐이야 그것은 바람이 아니야 다정한 사람 10000이 말했다

　사랑이 어찌 변하느냐고 말했던 다정한 사람이 다시 눈물을 흘리며 끼어들었다 열정이 사라지면 세상이 끝난 겁니다 가면을 현실로 오인하는 게 함정입니다

─

온갖 표정이 일그러지며 젖은 천 조각처럼 뒤집혀 있을 때 다정한 사람들은 하데스의 지하 세계를 통과하고 있었다 사랑해 본 적 없는 사람들이 휘적휘적 우화 중이던 자신의 나비 시절을 지우고 있었다

dog's ear

一
　　네가 말하는 게 뭔지 알아, 나도 마찬가지야
　　삼각형 하나

　　넌 날 얼마나 알까
　　삼각형 둘

　　내가 널 안다고 할 수 있을까 하지만 내가 알고 있는 너
　　살아 있는 것만으로도 안심해
　　삼각형 셋

　　사람을 좋아하거나 미워하는 데 걸리는 시간
　　삼각형 넷

　　네가 누구든 네게 예의를 지켜 대할 테야
　　삼각형 다섯

　　말했잖아, 자랑만 하는 사람에겐 나눠 줄 귀가 없다고
　　삼각형 여섯

一
　　어디에도 명시되어 있지 않은 나라는 빈 노트

삼각형 일곱

오늘도 꽃이 저문다는 이유로 당신의 이름을 속삭이려다 그만,
삼각형 여덟

괜찮아요, 잘될 거예요
삼각형 아홉

너를 만나게 된 것
삼각형 열

삼각관계를 만드는 삼각형들을 위한
삼각형

*dog's ear: 책장의 한쪽 귀퉁이를 삼각형으로 접어 놓은 것.

영화 한 장면, 훗날 차용하겠습니다

—

　생생한 사실주의 그림 한 점이 보입니다 구석 빈 테이블 위에 홀 서빙 여인이 엎드려 졸고, 널브러진 빈 병들과 식은 국물을 앞에 두고 두 남자는 말이 없습니다

　거기 붉은색에 진저리 치던 사람 하나가 더는 빨강을 마주하고 싶지 않다며 유럽 어디쯤의 국명이 적힌 이민 서류에 빨강 도장을 쾅 찍는군요 홀로 동태찌개를 시켜 놓은 몇 년 차 백수는 덧붙인 메뉴 가격에 한숨만 내쉬며 중얼거립니다 나이 먹은 이는 화내는 것도 지쳤다고 말하고 젊은이는 망한 지 오래됐는데 몰랐냐고 묻는군요 지치지 않으려고 노력하는데, 악마와 싸우며 악마가 되지 않으려면 어찌해야 하냐고 묻습니다 희망과 절망은 방향성이 잡히면 맹렬히 달리는 힘이 있나 봅니다

　참 괜찮은 영화 한 장면입니다 밤을 깨부수는 용감한 심장을 열 개씩 가진 예술가, 이들이 없었다면 아— 아 우리의 머릿속 정원은 말라 비틀어진 잡초만 넘실댔을 겁니다

　또 그림 한 점이 보입니다 땟국물 흐르는 냉장고 위에 상전처럼 앉아 있는 TV 브라운관, 패널이 늠름하게 앉아서

오염수는 가짜뉴스라고 합니다 백수도 과로사한다 그런 말이 있더군요 사람들이 미쳐 가고 있어요 또 얼마나 조여 갈지 걱정입니다 앞으로가 더 문제입니다 남은 반찬 같은 말들에 여인은 아랑곳하지 않고 한 남자는 여전히 말이 없습니다 다른 남자는 한 번 더 담뱃불을 붙입니다

누군가의 한 사람이 되어 보지 못했습니다 익명의 한 사람으로 한생을 살았습니다 인생을 풍문 듣듯 허물만 큅니다 숟가락을 손에 꼬옥 쥘 수 있게 힘을 줍니다 우주 마녀의 비법이 절실합니다 들었던 숟가락이 자꾸만 바닥에 떨어집니다

우주팽창론

一

　당황하지 마오 우리 곧 만날 테니 우주를 닮아서 그렇다
오 저기 노을을 품느라 그랬다오 하늘 멀리멀리 퍼져 가느
라 색이 바랜 거라오 우주로 퍼져 갈수록 나 홀로 관대해
질 뿐이오 다른 소리로 귀를 막게 되는 날이 올지도 모른
다오 종잇장처럼 얇아져 푹 찢어지거나 번개처럼 수없이
폭발음을 내는 일이 잦아지니 그대도 나도 별이 되어 가고
있다오 점점 작아지고 있다오

　행성 띠에 휘말려 작은 흔적이라도 남기느라 그대를 보
낸 거라오 한 해 다르고 다음 해도 다르오 눈물이 진해지
는 것도 우주로 파장되느라 그렇다오 처음부터 우리 사이
에 별들이 풀어져 있었지만 서로를 아프게 한 날에도 별이
진 게 아니라오 우주여행 중이라서 그런 거라오 인간이 날
개를 달 리가 있겠소 멀리멀리 날고자 호흡이 이렇게 길어
졌다오 잘 숨어 깜박깜박 빛을 줄이며 호흡을 가다듬고 있
다오 이별하는 중이오 서로가 드러나는 날이오 나만 쳐다
보며 먹이를 구하는 일로 몰두하고 있었던 날이오

　햇살 한 줄기로 남아 땅 위의 것들을 정확하게 보려 하
오 나누고 경계 짓는 것도 별로 새기기 위함이라오 자세히

보기 위해서 멀어지고 있는 중이라오 귀가 몹시 아프오 귀가 얇아지고 있었나 138억 년 전에 거대한 폭발을 했던 우주가 크리스털을 쏟아 내듯 가슴속 말들이 쏟아지오 내 몸이 당신 몸을 뚫고 가면 얼마나 좋을까 꿈이 너무 길었소 석류처럼 꽉 차 있던 눈물은 행성들의 돌발 이해받지 못한 일상이겠지만 이게 그대와 나 사이라오 비틀거리지도 속도를 늦추는 법도 없이 공중을 뜨는 일이라오 날개를 접지 않고 움직이는 곳에 황홀은 있었던 거라오

Etude

一
　벽에 아무것도 걸지 않았다 내 눈에서 자라는 그림 하나 포장을 풀지 않은 채 세워 놓았다 벽엔 포장 속 그림이 보인다 커튼도 없이 창 안과 밖의 개념이 사라지는 기분

　새벽에 날이 밝아 오는 모습을 지켜보곤 한다 등을 돌리니 벽에 경치가 어른거린다 시야에 건물이 없어 발아래 불빛 세상이 펼쳐졌다 태양이 밝아지면 벽은 점점 밝은 또 하나의 벽을 만든다 불안을 진정시키기에 좋은 슬픔이 나를 다른 세계로 데려간다

　어떤 밤은 그림을 가로질러 베란다를 지나 창밖으로 걸어 나간다 마음만 먹으면 허공을 걸을 수 있을 것 같다 바람이 불면 날아갈 수도 있을 것 같다 거실을 텅 비워 벽에 그림 한 점을 걸었다

　노란 모과나무, 사진일까 그림일까 모호한 경계 속으로 빨려 들어간다 계곡이 깊은 산 중턱 노랗게 열매 맺는 나무, 슬레이트 지붕 위에 수북이 떨어진 모과, 산에 있으면 산이 되고 벽에 서면 벽이 된다 나무를 심다가 나무가 되어 버리고 싶었다 내가 사라지면 나는 음악이 되거나 한

二

그루 나무가 되어 있을 것이다

　저 벽을 밀면 강물 소리 듣고 자라는 모과나무가 돌아온다 이따금 바구니를 채우는 갈빛 향기와 마주하는 강물 소리가 들어온다

*Etude: 에튀드. 음악 용어로 연습을 위하여 만든 곡. 독특한 형식을 써서 예술적으로 작곡한 연주곡.

타투

—

　버스 안에서 본 청년의 팔에서 새들이 퍼덕이고 있었지 새와 벌레의 입질로 초록 빨강 검정 오렌지 색깔로 물들어 있었어 잎의 뒷면은 빛으로 찬란해 해골 독수리 장미 밑에도 바람이 불고 있었어 몸속에 봉인된 유토피아 삼차원을 벗어나 사차원 오차원으로 끌고 들어간다 저 몸엔 어떤 서사가 숨 쉬고 있을까

　피부를 뚫고 살 속에 살고 있는 새의 부리가 보고 싶어 그을린 피부는 누구의 시간이었을까 누군가를 기다리던 어깨 태양의 도시로 들어가 태양과 결별하던 큐피트 화살들 사람의 마음을 조각하는 것이 사랑이라면, 서늘한 날에 찔리면서 당신을 향해 가던 중 무엇이 충분하지 않았을까

　당신 옆에서 수없이 길을 잃었지 당신을 꿰뚫고 세상으로 향하는 일이었지 바람으로부터 왔을지도 모를, 멸종해 가던 짐승의 필사적인 움직임 공중을 향해 날아야만 해서 벌레를 삼켜야 하는 부리를 가진 동물이어서 날개가 두 눈이자 척추이고 심장이고 뇌여서 퍼덕이지 않고 굴러가야 해서 바람을 끊기 위해 가위가 되어야 해서 뼈의 둔탁함과 촉감을 상상하는 일은 얼마나 영혼이 말라 가는 일인지

—

삶의 구경꾼으로 사는 오후 세 시의 햇살이 피카소의 게르니카였을지도 미노타우로마키였을지도 모를 살 속에서 숨 쉬는 일은 새의 날갯짓과 같아 유토피아들이 스스로를 가둬 아픈 손이 지나간 날, 생의 과녁을 더듬느라 따끔거리던 날 나를 건다는 거 한 자루의 나를 낮추며 들판을 향해 가는 거

*태양의 도시: 르네상스 시대의 이탈리아 사상가 캄파넬라(1568-1639)의 저서 『태양의 도시』에 등장하는 유토피아적 사회.

동어반복

一

　사랑하게 된 것을 취소합니다 바닥이 꺼지고 한 줄기 햇살에도 부서질 때 고작 한마디라도 끝이라는 말을 하지 않았습니다 줄인형처럼 목이며 손목이 여러 번 꺾일 때 물빛 섞인 간곡한 한 문장도 완성하지 않았습니다 나비가 새처럼 커 보이기 이전으로 돌아가고 싶습니다 내가 원하는 방식대로 꿈속까지 문을 두드려 봅니다

　내 앞엔 다리 꺾인 줄인형이 놓여 있습니다 이미 죽은 나비입니다 한쪽 날개가 없는 나비입니다 상관없습니다 여전히 살아 있는 나비가 거슬렸을 뿐입니다 신중하게 씌웠던 가면 손가락으로 기호를 가리킵니다 선글라스 너머 눈을 보라고 마음으로 입을 다문 대신 몸은 다 들켜 버리고 맙니다

　당신의 천직은 떠나는 자 끊임없이 여행하며 철새로 사라지는 당신은 여행 중입니다 눈앞에 보이지 않는 당신과 매일 만납니다 당신이 부재중일 때 더 뚜렷하지만 당신은 더 멀리 있습니다 당신은 더 아프게 옵니다 꽃잎이 지겹도록 지며 가슴의 색인이 선명해집니다 당신을 지우려 모든 궁극성으로부터 물러나 우연에 기대는 일을 부정합니다

一

언어를 뒤엎는 비극적인 이미지의 역류입니다

누군가 말합니다

사랑하자마자 이미 당신을 잃어버린 거라고

슈베르트는 내게 안전하지 못하다

　一

　당신은 몹시 고독하다고 말한다 꿈은 지워지고 당신은 당신으로부터 아득해진다 유리창엔 성에가 끼고 슈베르트를 데려와 스피커에 매달았다 소나타 No. 20 D. 959 11. 안단티노, 수많은 슈베르트들이 유리창을 뚫고 나가 숨는다

　바람에 팽팽히 저항하며 잠에 들지 못한다 아침까지 울려 퍼지는 슈베르트는 더 이상 자장가가 아니다 철들어야 한다며 새벽이 오기 전 당신은 현관문을 빠져나가 창문을 닦는다

　느린 것은 때론 심장을 으스러뜨린다 소나타 No. 20 D. 959 11. 안단티노, 쉽게 수정될 수 없는 말의 견고함과 표정들 슈베르트가 좋아할까 당신도 나도 견디는 날엔 원하는 빛을 건지기 위해 커튼을 내린다 슬며시 찾아드는 석양엔 소나타 음표만큼 쉼표가 많다

　하루 종일 흩어져 내린 음표들을 줍는다 슈베르트는 겨울을 맞고 봄을 기다리라고 말한다 정지된 음표의 표정들 소나타 선율 위에서 나는 자라고 있다

　一

박쥐 자르기

　꿈에서 박쥐가 되어 있었네 나는 죽이는 일을 했네 동굴 안의 어둠은 풍성했지만 어둠을 자르는 일이었네 생체 실험자가 되어 박쥐의 갈비뼈를 갈랐네 처음 본 박쥐 한 마리가 본능처럼 가깝게 느껴졌네 매끈한 발톱을 매만지다가 날개와 검은 주둥이까지 가위로 잘랐네 날개 뼈는 닭 날개와 비슷했지만, 분명 박쥐를 자르고 있었네

　일 초 머뭇거림도 없이 내가 나를 자르고 있다는 걸 알았네 무수히 잘랐지만 나는 죽지 않았네 자르는 일은 끝도 없었네 따뜻한 칼날이 균열을 말끔하게 도려내어도 수렁 같은 그곳은 입을 다물 줄 몰랐네 한 번도 만져 본 적이 없는 박쥐를 만져 보았네 세상을 뒤집고 천장에 매달린 발톱이 나를 불러 세웠네

　새 한 마리가 피를 토하고 있었네 날개가 된 꽃잎, 꽃잎이 된 심장을 생각하네 죽음을 기리는 축제 무대였네 자른다는 건 염증으로부터의 해방, 꿈에서 죽이는 일을 했네 아침이 되어서야 밤새 떨어져 나간 어깨 무릎 손가락 발가락 하나하나를 확인했네 한 마리 새가 동굴 속에서 날아오르고 있었네

제3부

내 사랑은 택배로 왔다

태어나서 처음으로 꽃이 왔다
손가락도 얼어 잘 펴지지 않는 이월
마흔여섯의 생일 아침
택배로 온 장미 송이
네모난 신방에 수줍은 신부의 표정이
깊고 고요하였다
스며듦이 어찌할 수 없어서
피어나는 꽃이 이러할까
서리처럼 차르르 누굴 묶으려고
지금 저리 눈이 내리는가
화끈화끈 얼음보숭이로
이 밤이 하얗든 말든
품기엔 섧도록 가지런한
꽃의 살들이 글썽이던 날

향유

一 　　하루 종일 나비 한 마리 나를 따라오고 있었다

　　인사동 어느 전시관에서 나비 그림을 보고
　　홍보용 엽서 한 장 손에 쥐고 나온 것뿐인데

　　머리 위에 앉았다가 어깨 위로 마침내 손등에
　　나비는 멀고 가까워짐을 반복하고 있었다

　　잡으려 손을 뻗으면 멀리 달아나는 나비 한 마리

　　내 곁에 오게 하기 위해 손짓도 눈길도 주지 않고
　　숨죽이던 순간이 있었다

　　나비를 향한 사랑은 내 맘에 따라 귀찮은 모기가 되었다
가 산비둘기나 부엉이가 되기도 했다

　　다른 것에 몰두하고 있을 땐
　　그 나비는 죽은 나비가 되는 것이다

__ 　　종이 한 장 속 나비를 사랑했다

내가 원하는 방식으로 바라볼 때만 나비는 살아 있다
너와 나 사이 팔랑팔랑 일렁이던,

미미한 바람을 일으켜 주던 날갯짓은
태양이 배회하던 오후의 보호색

미래를 얼리고 달아나는 한 잎 두 잎 바람들
저기 흙내음 나는 언덕 위에 앉아 보라고

여름 태양 빛 아래
한 송이 꽃이 어깨에 스며들었다

멀리서 태양이 걸어 들어오고
당신이 찰랑거리고 또 찰랑거리고

궁평항 무인카페
　—Genofa

一
　파도 소리—
　커피처럼 풀어지는 바닷가 한낮
　의자가 많은 이 카페엔 다양한 손님이 온다
　갈매기 백로 따개비 솔바람
　놀라움을 가지고 손님을 맞는다

　어제의 비구름 소낙비, 어느덧 풍경이 되었다
　의자는 저 멀리 헤밍웨이의 「노인과 바다」를 떠올린다
　수평선을 더듬는 동안, 파도는 많은 결을 떠밀고 온다
　내 결에 맞는 파도가 혹여 도착하진 않을까
　무인카페 의자가 되어 마냥 기다린다

　물은 가만히 있는데 똑같은 파도는 하나도 없다
　수백만 개의 진동, 바람이 채워 놓고 간 웅성거림까지
　밀물 썰물을 반복하며 하루가 간다

　의자는 배를 내밀고 충분히 몸을 펼친다
　사람보다 새들이 더 많은 카페
　날렵한 은갈치 등허리 수평선에 눈부신 햇살 새겨 들여
보낸다

낮과 밤의 질서, 물의 박자를 세다 보면 멍때리게 된다
어느새 의자처럼 비워진 나
저 빛에 두고 온 너

나도 없고 너도 없지만
수많은 손님들이 드나드는 곳
파도의 정령들이 모이는 곳
바다가 사는 무인카페

그맘때

새 한 마리 물이 있는 곳으로 날아든다

머리 위에 녹차 향 바람이 분다

一

나무를 사러 간다

사과나무도 좋지만 녹차나무를 키우고 싶었다

화원으로 가는 길은 행복했다

녹차밭을 거닐며 녹차꽃 향에 취해 있었고

옆구리엔 푸른 바다가 넘실댄다

구경 온 사람들 가슴에도

소쿠리가 하나씩 달려 있다

가마솥에 찻잎을 덖는 살청을 하고

수분을 날리며 유념을 하는 사이

녹차나무는 없는데요

一

어디다 심으시게요?

어디다… 어디다… 그러게요

하지만 녹차나무를 심고 싶어요

화원의 주인은 나무보다는 심을 땅에 대한 질문만 한다

화원엔 녹차나무가 없었다

땅이 없으면 하늘에 심지 뭐!

내 머리 위에 녹차나무가 자란다

자장자장 해님 달님

하늘에서 밧줄이 내려오기까지 너랑 나랑
참기름 바르고 나무 타고 올라가다
쭈르륵! 너랑 나랑
튼튼한 밧줄을 내려 달라고 기도를 했어

밧줄이 내려와!
잡아! 꼭 잡아!

엄마가 내려준 것일까
하늘이 내려준 것일까

네가 말해 봐!
아냐! 니가 말해!

아무도 정하지 못해
아무도 몰라

나무 위로
올라가기 전엔
아무도 몰라

썩은 끈이었나

뚝 떨어져!
한없이 떨어져 내려!

서로 알지 못해 정하지 못한 길
하늘은 처음부터 없었나 봐
신은 처음부터 없었나 봐

엄마가 가리킨 건 허공
저기 있다고

허공이 끈이라고 말할래
허공이 숨이라고 말할래

우리는 같은 꿈을 꾼다

  뿔 여럿 달린 출(凶) 자 형 금관이 안산 중턱에 숨 쉬고 있다 돌이끼 바위가 물을 머금었을 때 사슴 무리들이 우아하게 걸어 나왔다 산타클로스도 없이 예닐곱 마리가 시베리아 매직 로드 순록의 썰매에 함께 올라탔다

  유목민의 후예, 내가 사는 곳으로 사슴은 나무를 끌어모으고 오로라의 푸른 신비를 데려왔다 얼음 땅의 허기진 늑대들을 피해 뒷다리 근육 키웠을 사슴들 바위에 해와 달을 새기고 우주쇼를 하고 있다

  사슴은 새였나 보다
  사슴은 나무였나 보다
  사슴은 땅이었나 보다
  사슴은 여신이었나 보다
  매달 차고 기우는 달을 태우고 하늘로 나는 사슴돌들

  에벤키족이 말한다
  ―사슴은 곰 털에서 나왔지

  ―그럼 곰은 어디에서 나왔나요?

—곰은 사람이었단다

—정말인가요?
　사슴은 곰 털에서 나온 사람이었다가
　하늘로 날아가 버린 새였으니
　난 새를 따라가겠어요

주변을 둘러본다
서왕이 원탁의 기사들과 흰 사슴을 데리고 오지나 않을까
몸이 얼음 땅이 되었다가 초원으로 변할 때
천체는 길잡이별 북극성을 중심으로 회전하겠지

새로운 놀잇감을 받아 들고 에벤키족에게 대답했다
—나는 명사수였는지도 몰라요
　활을 계속 쏘며 오리온까지 순록을 쫓아갈 거예요

*안산: 서울 서대문구에 위치한 산.
*에벤키족: 북시베리아, 중국, 몽골 등에 사는 소수민족. 동양 신화에
의하면 에벤키족은 고구려와 이웃해 살았다고 한다.

토끼몰이

누가 밀어내었을까
눈 덮인 산 아래
이월의 햇볕 쏟아지던 날
그녀는 이름을 불러 대고 있었다
토끼를 부르고 있었는지
네잎클로버를 찾고 있었는지
잡히지 않으려 도망치고 있었다

손에 손을 잡고 산등성이를 안고 올라간다
습기 오르는 이월을 밟고
우리는 아무 말 없이 촉각을 세웠다
아이들의 웃음소리를 바람의 손이 에워싸고
언제 끝날지 모르는 토끼몰이
저마다 볼에 석양빛을 심어 놓고
와스락 바스락 토끼 뒷발을 주시하는 순간
어디로 갈까 주춤하다 모기장 망에
방향감각 잃은 토끼 눈을 끝내 보고야 말았다

망을 빠져나가길 바랐다
포획물을 잡았다는 기쁨보다

비릿한 슬픔이 자리 잡기 시작한 그녀의 사춘기
아마 그 무렵이었던 것 같다
벌판 끝으로 달아났던 그날
토끼망 속에 우뚝 서 버렸다고
아무 기척도 없는 숲의 울림 앞에서
지쳐 입술이 말라 오기 시작한 것이

시간의 기차 뿌우뿌우 지나가고
봄비 속에서 잠시 본 세상은
다시 오지 않을 그 세상은
시간 밖으로 몰아가야 한다는 어림잡은 마음만 심은 채
어두워진 저 벌판을 바라보고 있었지
어쩔 수 없이
발아래 사월을 맞이하고 있었다고

소금 호수

—

　당신의 뒤가 궁금해서 바다 쪽으로 걸어 들어갔던 터키 어디쯤이었어요

　걸어갈 동안 구름 위에 떠 있는 것만 같았지요

　당신 모습을 다 보았다고 믿었는데

　유람선을 띄웠지만 앞을 보고도 의심을 했어요

　그대 속이 소금 호수였던가 봅니다

　안으로 들어갈수록 부웅 떠 있는 걸 보면,

　나의 안목은 정확했지만 과연 우리에게 유효한 낱말이던 가요

　소금을 둘러쓰고 온몸의 수분이 빠져 가고 있었어요

　당신 미안해요

—

날 향해 오 촉짜리 불부터 켜고 다가왔겠지요

평생 쓸 전구를 사 들고 내게로 다가온 당신께

여러 개의 방문을 열어 두었나요

불씨를 긋고 등을 켜야 할 곳에 소금 자루를 쌓았어요

소금 바다로 들어간 신발은 닳아 있고

몸의 모퉁이 이제는 빛이 자주 끊기는군요

가슴에 저절로 집 한 채 들어와

이젠 바다를 바라보는 일이 줄었다고,

모래 파도를 건너

우리가 마신 최초의 우물을 찾아갑니다

아내를 위하여

一　J 시인 집엔
꺾어도 되는 장미가 있다
가위로 꽃을 자르면 쇳독이 올라
나무가 아파한다고
이쁜 꽃을 또 보려면 손으로 꺾으라 한다
천장이 높은 목조 가옥 옆 정원에서
시인은 아메리카노에 얼음을 듬뿍 넣으며
팔월의 해바라기처럼 웃는다

뽕나무 가지를 지팡이 삼아 덩실 매달린
청호박이 이마를 맞대고
올망졸망 머루포도 풍경이 까르르 들어왔다
싱크대 창 가득 댓잎들이 살랑인다
아내를 위해 담벼락에 대나무 화분을 놓아두었노라고

눈을 감아도 들리는
저 몸짓들이 나를 불러왔나
살아 있는 대나무 병풍을 두고
설거지하는 시인의 아내는 날마다 흔들리겠다
덩달아 그 집 진돗개 달봉이도 컹컹 짖겠다

모딜리아니의 방

몇 해째 꽃 피지 않는 나무에 물을 준다
꽃은 허공에 집을 짓고 있는 것일까
아무 일도 일어나지 않을 것 같은 가지 옆에
모딜리아니 그림 속 여인이 앉아 있다

세상 텅 빈 여인의 눈동자 하나
무엇을 채우려고 지중해를 두 눈에 들였을까
갸름한 얼굴, 눈 코 입 골짜기를 따라가다 보면
협곡과 골짜기의 함정이 수 킬로미터였다

같은 공기를 마시며 서로의 한계를 탐색한다
여인은 아침보다 저녁에 더 작아져 있다
외로움으로 물기가 마르기 전에
서로의 팔다리를 묶어야 한다고 말하곤 했다

사슴처럼 긴 목과 기울어 가는 척추의 각도를
밤이 돌려다 준다는 확고한 취향이 있었다
모딜리아니들의 현실은
고통받는 심상으로부터 거리를 멀리 두고
상상의 휴가를 떠올린다

—

여인의 눈빛이 터널로 휩쓸려 갈 때
밀물 드는 저녁 숲으로 숨고 싶은 모딜리아니들
지독한 사랑이란 최전선에 함께 서 있는 것
당신들이 놓친 것을 보고 있다
깨끗하고 불빛 환한 곳을 말이다

기나긴 목덜미를 송두리째 던져 주며
당신은 아니라고 하고 싶었을 나와
내가 아니라고 하고 싶었을 당신이
각자의 방에서 화분을 하나씩 품고
푸른 식물이 풍기는 향기를 기억한다

창문 안 화분의 위치를 이리저리 다잡는다
길을 버리지 않고 도착한 골짜기에
불이 환하게 들어온다
이마가 밝아진 얼굴
한 사람이 눈부시게 들어온다
햇살 가득한 모딜리아니의 방에
싱싱해지길 원하는 가지 하나가

기지개를 펴는 아침이다

돌

一

저들을 매만지면 바라던 평온이 왔으면 좋겠습니다
기회만 생기면 돌을 사들이는 그가 이해되곤 합니다
트럭 열 대 분량의 돌이 마당에 그득했습니다
손은 돌을 매만지느라 매듭이 굵어 갔습니다

돌을 바라보는 눈빛은 한없이 순해져서
세는 일을 잊어버렸나 봅니다
정원의 제자리를 찾아 들어간 돌들은
줄곧 사라지기 일쑤였습니다

마당이 텅 비었습니다
강물을 기억하는 돌은
고요한 밤이 찾아와도 졸졸 소리를 내고
산을 기억하는 돌은 온갖 새소리를 내었습니다

시시각각 물빛으로 칭얼거립니다
밤이면 새들을 유혹하며 나무로 변할지도 모릅니다
강물에 두고 온 귀를 생각하는지도 모릅니다

돌의 표정을 자꾸 살피게 됩니다

매만지는 시선이 슬퍼서
돌에 귀를 달아 주고 싶었습니다
굳은살로 딱딱해진 손이 돌탑을 쌓습니다
돌들은 말끔히 씻은 얼굴로 아침을 맞습니다

돌에 온기를 전하는 그가 있습니다
밤낮으로 돌을 가지고 노는 남자를
턱을 괴고 바라봅니다

양파를 까고 있는 것일까

—

하루가 넘쳐 다른 하루가 넘쳐나는 그 많은 하루가
지루해서 어떤 의미가 있는지
아무도 말해 주지 않던 어린 시절이 가끔 생각나요
어제와 내일이 기다림만큼 중요했어요

껍질을 벗기면 오래전 맡겨 두었던 나
어디에 서 있는지 보여요
하루가 얼마나 길면서 짧을 수도 있는지
하루하루 넘기는 일이 넘쳐나다가
겹겹이 싸매 둔 슬픔으로 피로감이 들 때야
툭 놓아 버리듯이 터지네요

그것은 매일매일 터트리는 일이었을까요
삶이니까 오래전 나처럼 그만큼의 나이테 속으로
숨고만 싶었는지 그까짓 거 미리 터뜨렸으면
이렇게 맵지는 않을 텐데
시간이 감정을 한 겹 두 겹 껴입고

동글동글 약식 기호처럼 몸의 무늬로 새겨져서야
풍경이 길어진 눈을 확인해요

마지막엔 무엇이 있을지
양파만 까는 것에 의미가 있을지도요

얼굴에 물고기 비닐이 지나간 파문이 깊이 새겨져
눈물의 문을 여는 방법을 모른다고요
진화론만큼 오래전의 일이라서 들춰내기엔
다시 엄마 배 속으로 들어가야 해결될 일이라서요

엄마 배 속에서부터 끌고 나온 양파예요
팡팡 꽃송이로 일제히 터져 나와요
꿈꾸다 깨어 나와서 이토록 매운 건가요
벗겨도 벗겨도 맨몸이어야 해요

내 이름은 필로멜라!

一

시월이 가고 집으로 돌아갈 계절이 오고 있어요
북풍이 불어오면 지붕 밑의 계절은 더욱 쓸쓸합니다
당신이 잘라 버린 혀는
단물 가득 퍼진 석양을 핥고 싶어 합니다
짧아진 혀가 절뚝이며 말들이
뿌리 뽑혀 돌아다니는군요
못다 한 말 머나먼 증언을 위해 꽃수를 놓습니다
세상에서 그지없이 부드러운 것이 혀였고
더할 수 없이 강한 것도 입술 속 말린 당신의 혀입니다

당신이 떠난 흔적은 진홍빛으로
가슴에 새겨져 지워지지 않는군요
산발한 머리채가 서쪽으로 붉게 너울거리며
적절한 문장을 찾지 못하고 있습니다
당신이 가슴을 찢고 발라먹은
내 심장 같은 살과 빛이지요

날카로운 부리가 쫓는 것은 무엇입니까
어깨에 돋은 날개는 무엇을 위한 칼날인가요
석양의 붉은빛은 숲으로 숨어들고

—

90

지붕 밑에 둥지를 틀어도
차가운 바람이 하얗게 밀고 옵니다

당신의 나라로 가기 위해
강에 배를 띄우지 않아도 됩니다
날개를 달았으니 말입니다
스스로 자신의 눈을 찌른 자
어깨에 얹힌 바람에 의지합니다
지구의 밤을 뒤로하고 당신을 품고 날아갑니다
황량한 도시를 지나 나를 뚫고 간 길
마른 벌판 끝에서 울음이 짧아진 새를 발견합니다

*필로멜라: 그리스 신화에 등장하는 아테네의 공주. 도끼를 들고 추격
하는 테레우스에 쫓기다가 새로 변함.

제4부

독립문 횡단보도에서

걸어가는 양이 십 도쯤 기울어진
박스 리어카 할아버지
횡단보도도 아닌데 버스 택시를 비집고
길을 빠르게 건넌다
바퀴에 무게를 싣고 가벼워진 날갯죽지
속도를 낼수록 몸의 기울기는
도마 위 통통 잘려 나가는 무편처럼 어슷어슷
몸의 관절은 끊어졌다 이어지는 무성영화처럼
석양빛도 슬픈 기울기로 어스름해지는 저녁
하늘을 나는 돌부처의 모가지처럼
건너는 발은 없고 굽은 등이 바퀴로 굴러간다

시접

一 　끝내는 방식은 모두 슬프다
　　　몸을 바꿀 수가 없어서
　　　옷 속으로 들어간 그녀가 웅크리고 있다

　　　봄비 때문이 아니었다
　　　you're magic이라 써진 봄을 입고
　　　횡단보도를 웃으며 뛰어가는 긴 머리 아가씨
　　　벚꽃 한 송이를 바라보던 그녀는
　　　다른 세계로 가고 있었다

　　　그 웃음에서 운명을 꿈꾸었던 시간을 보았다
　　　삶의 변수가 올 줄 아직 모르는 나이
　　　변수를 예감할 때 누구나
　　　조금씩 시접을 준비하기 시작한다
　　　여분의 천 조각을 내어 수선해 보아도
　　　겨드랑이 옆구리 사타구니 우리 몸 구석구석
　　　곡선의 결을 따라 다른 온도로 숨어 있는 마음들
　　　변수를 둔 상태는 불투명하다

二 　시접을 모두 써 버려 감당할 여백이 없을 땐

자신을 통째 버리거나 품을 떠나보낸다
몸에 맞지 않는 옷은 버려질 뿐이다
나를 통째 던져 버리는 날은
사람에 대한 온도가 잠시 멈출 때
시접은 온전히 시접으로서 태도를 보인다

몸을 구겨질 대로 구겨 공그르기 박음질을 한다
부서져 사라지는 그 이름도 시접 속으로 접어 감춘다
안쪽으로 접어 둔 채 영영 꺼내 보지 않거나
어제를 조용히 정리하는 날엔
시접은 더 이상 자라지 않는다
찬바람 같은 이름
먼 산자락 고드름 떨어지는 소리처럼
몸은 멀고도 멀다

사과를 왜 북극에 갖다 놓았나요?

의도는 아니었지만 사과는 정말 얼고 있군요
그림자를 보세요
붉은 볼을 꿀꺽 삼킨 후
순간 빙점으로 날아가 버린 걸까요 아니면,
사과가 얼음 조각을 초대한 걸까요
너무 먼 그들처럼
붉은 사과는 짙은 그림자를
방석처럼 깔고 앉아 버렸어요
너무 추워 떼어 내어 버릴까도 생각했죠
움푹 팬 곳에선 이끼 냄새가 나거든요
사과와 그림자는 어긋나 보여요
끝도 없는 길에 들어서서
서로를 가리키며 먼저 버리라 하죠
태양은 사과를 본 적 없노라고 시치미 떼면 어쩌죠?
슬픔과 자멸이 별보다 까마득하게 집을 지었어요
몸을 뒤집는 그늘이 기린의 눈처럼 껌벅거려요
짓뭉개진 것은 채우고자 하는 마력이 있나 봐요
빛나는 어깨를 타고 다시 둥글어진다면
저 액자 밖으로 굴러 나올지도 몰라요

장국영, 영화 세 편을 본 날

 영화 세 편을 하루에 다 본 날이었어요 주인공을 찾아가
며 보았던 영화 속에서 그의 표정이 필름을 건너다녔거든
요 감독이 다른 세 편의 영화에 한 사람의 주인공은 하나
의 깊이로 다가와 피를 흘렸어요 그의 외로움이 필름을 뚫
고 나와 소낙비로 내렸어요 기차 속에서 한여름의 어둠을
찢고 나와 어쩔 줄 몰라 했어요 그의 안절부절은 알고 보
면 나의 안절부절이었어요 그럼에도 불구하고 널뛰는 그
속에 머물고 싶었어요

 이쪽 영화로 옮겨 왔으나 눈물은 마르지 않았어요 그의
사랑은 필름을 건너다녔어요 한 번도 연인을 향해 먼저 뒤
돌아보지 않았어요 그가 피우던 담배 연기가 자욱하게 얼
굴을 가려요 처음이자 마지막으로 연인을 보려고 뒤돌아
보던 장면 이후 필름 속에는 그가 살지 않았어요 바나나
숲을 지나 초록의 계절 같은 그의 청춘이 필름 밖으로 나
왔어요 내 살에도 작은 숨통이 틘 것 같은 하룻밤이었어요

허구의 힘

무슨 말인지 모르겠지만 무슨 말인지 알겠어요

무슨 말인지 모르겠지만 무슨 소리인지 알겠어요

무슨 말인지 모르겠지만 무슨 뜻인지 알겠어요

무슨 말인지 모르겠지만 무엇을 말하는지 알겠어요

대자연을 마주하면 와르르 무너지는 것들

너무 버티고 살았구나

많이 답답했구나

너무 억누르고 살았구나

무슨 말인지도 알겠고 어떤 마음인지도 알겠어요

석양을 가슴에 담으며 내 목소리를 내가

자신 있게 귀담아들어야 한다는 걸

현재 자신과 어긋난 시간의 흔적을

허구인 줄 알면서도 죽어라 믿는 힘

그것이 절망을 준다면

또 다른 환상을 만들 수 있는 힘

절망의 반대말은 희망이 아니라 허구라는 것을

믿고 또 믿는 것

크로와상

一

　왜 한 번도 한 아름 안을 수 없냐고 세상사 물으면 슬픔도 재미도 잊었다는 듯 입안 가득 빵을 오물거리다가 그만 사랑의 맛이라 하기로 한다 상처에 길들여질 때쯤 어느 행성 이름을 가져다 붙여 본다 빛의 속도보다 빠르게 느껴지는 맛 누군가를 열렬히 사랑한다는 착각을 불러일으키는 맛 장맛비 같은 끈적임이라고 해야 하나 천둥 같은 뇌졸중을 일으키는 그게 사랑의 맛이라면 금방 사라질 맛이다 너를 맛보는 일은 입안에 수레바퀴 하나 돌리며 모든 것이 돌아오는 일이다

　행성에 초대된 소풍을 즐기려고 접시에 초승달을 담았다 갓 빻은 커피의 밝은 빛깔을 보기 위해 백 년 동안 열매를 씹으며 갔다 이백 년 더 걸려 성스런 의식을 거행하고 나무가 되었노라던 이야기 미뢰에 불을 켜고 입천장에 이른다 네게 기우는 달을 깨워 몇 백 년에 걸친 소풍을 간다 모든 신경 수용기가 분포된 혀로 불빛을 핥는 당신이라는 달

　신은 혀 밑에 마법을 숨겨 놓았나 단물을 자연스럽게 넘길 수 있게 순도를 높인, 맛이 아닌 척 냄새가 아닌 척 그렇게 달은 수척해진다 달을 바라보는 동안 피에선 어떤 냄

새가 날까 바람이 지나간 자리에 바람 익히는 냄새 바스락 진동을 일으켜 입을 벌린다 청각이 열리면 소문을 얇게 저며 금지된 향기를 맡는다 가볍고 위험한 경고가 혀끝에 머물 때 두 눈 지그시 감는다

행간

　동화작가 타샤 튜터로부터 편지를 받았어요 자신의 정원에 한번 놀러 오라고 튤립 알뿌리 하나 얻고 싶어 찾아갔지요 글라디올러스와 수국 사이 꽃병을 쓰다듬던 그녀의 손가락이 다정하게 스쳐요 21세기 앞치마에 18세기 행복이란 레이스 자락이 보여요 터키 무늬 찻잔에 커피를 내려와 내밀다 말고 한쪽 손은 제 등을 누르네요 그 손길에 푸르게 서 있던 내 영혼이 갈빛으로 변했어요 입안에 감도는 커피가 마구 둥글어지며 맘도 혀를 내밀어요

　타샤 튜터가 호미로 파헤쳐 구근을 심던 길 위에서 발끝을 세우고 춤을 춰요 춤추는 처녀들이 뒤따라와 꽃다발을 내밀면 이런 길이 춤을 추기에 좋은 길이라는 생각이 들어요 이탈을 통해서만 도달할 수 있는 지점, 다른 꽃에 다가서기 위한 모델이 되어요 옆구리에선 푸른 잎이 돋고 발가락에선 뿌리가 자라요 어깨 위에 새가 날아들면 새집을 짓도록 내버려 둘래요 머리는 푸르고 입안에선 여름날에 빛날 꽃사과가 자라고 있어요 오늘을 타샤의 정원에 걸어 두고 길 위의 튤립으로 서 있어요

샌드아트

그랑드 자트의 섬을 그려요
모래로 눈물을 찍으면 금방 스며들고 있어요
모래가 된 모자, 모래가 된 그림자
하늘과 강 집 구름 모래표정 모래웃음
무얼 봐도 모래인데 모든 게 진짜래요
모래는 시간이에요
태초로부터 날 불러내네요
물결로 사라지는 모래를 보니 위안이 되는군요
모두 지울 수 있고 무너뜨릴 수 있으니
아주 간단한 세상 같아요
산을 무너뜨리고 바다를 산으로 바꿔요
무지개를 책갈피로 바꿔요
모래의 본성은 무너짐인가요
모든 것이 일직선상에 놓이는 건
무능함인가요 능력인가요
어디에 주목해야 하나요
세상을 인형처럼 가지고 놀고 있군요
모래알과 모래알 사이를 읽는 일은
독립된 공간을 인정하는 일이겠지요
많은 시간들이 산산조각 난 채 있어요

모래는 아무 생각이 없는데
흩어지길 잘한다고 논란이 많군요
모든 것은 본래로 돌아가기 위해 있나 봐요
눈에 잘 보이나요
여기에 무얼 세우려 하지 마세요
무엇으로 설득하실 건가요
그냥 놓여 있는 게 아니에요
모래시계를 뒤집는 일이 제 임무인 걸요
요동치는 광원뿔의 시간 입자가 캥거루처럼 뛰고 있어요
그랑드 자트 섬의 오후는
모래 햇살 점들로 파동치고 있어요
모래는 관계들의 느슨한 망
지금 우리를 결정하는 것은 과거가 이끄는 것
특정한 순간, 예측할 수 없는 방식으로 흘러가겠지요
떠난 적 없는데 모이라고 하네요
무너진 적 없는데 쌓으라고 하네요
나약하다고 하지 말아요
하나도 남김없이 나를 돌려줄게요
시곗바늘만 시간을 잡으러 가네요
시간을 시계에 담고 싶지 않아요

손목에 찬 시계는 바다로 던져 버려요

거미의 비행

그가 태어난 곳은 공항 근처 작은 숲
처음 눈을 뜨던 날
비행기를 보고 가슴이 무척 뛰었다지

…나도 저렇게 날 수 있으리라…

첫눈에 담은 것이 거미의 첫사랑이었다지
곁으로 노랑나비가 날아갔지만
비행기만 망막 가득 떠올랐지

…바람 부는 날 높은 곳으로 올라가거라…

엄마의 말을 기억하는 걸 잊지 않았지
거미줄을 한껏 늘어뜨려 공중으로 떠올랐지만
쉽사리 날 수 있는 건 아니었어

당신을 지탱해 주던 거미줄마저 휘어져 있었다지
여덟 개의 눈에
비행기 여덟 대가 가득 날아오르고
먼바다도 숨 한 번의 꿈속에서 비행했지

이젠 나마저 모른다 하지

여전히 정처가 없는 흐린 여덟 개의 눈이

바람이 불면

바람을 잘 타야 한다며

나뭇잎이 전화를 걸어오지

날마다 공룡놀이터로 간다

내장의 그늘도 축축함도 문제가 되지 않는 걸까
공룡이 아이들을 차례대로 토해 낸다
기나긴 내장을 지나 입에서 아이들이 미끄러져 나온다
뛰어나오다 엎어져도 웃는다
서둘러 터널 앞에 차례차례 줄을 선다
누군가 밀어 주지 않아도
스스로 발을 굴려 저 경계로 넘어가고픈
더 높이 올라가다가 끝까지 떨어져 내려도
팡팡 터지는 불꽃놀이 같은 웃음이 있는 곳
난 날마다 놀이터로 간다

종아리에 힘을 줘
발을 굴러 봐
저 땅에 내 발을 내려놓을 수 있을까
침 흘리는 아가리에 머리가 닿아도 좋아
갑자기 태양이 눈을 가려도 좋아
손과 혀로 세상을 더듬을 테야
이곳을 통과하면 걱정들 다 증발해 버릴 거야
씽씽 달리는 킥보드도 세워 두고
아침마다 쥐었던 아령도 내려놓았어

이곳의 나무가 되겠어
여기 그러니까 풀꽃이 되겠어
어디로 숨어야 할까 걱정하지 않아도 되잖아
자잘히 부서지는 아이들의 웃음소리 따라
방향을 틀어 도착하는 곳
공룡 입에서 휘파람 불며 튀어나오는

나를 좀 봐

소금

소금이 필요할 땐 인왕시장으로 간다
주말 저녁상을 위해 봄동도 사고
묵직한 천일염 한 봉지 들고 시장을 빠져나오는데
김장을 앞두고 묵은 소금이 진짜라고
몇 년씩 묵힌 소금은 달기까지 하다며
자루째 권하는 주인의 천일염 자랑이 소금꽃 피운다
삼 년 묵은 김치도 된장도 아닌 것을
몇 달째 벽에 세워 둔다

어머니가 보내 주신 김치로 냉장고를 꽉꽉 채워 놓고
나의 소금은 그다지 쓰일 일 없이
자루 밑에 돌덩이 하나 받쳐 놓았다
한 바가지 물을 끼얹는다
소금을 사 둔 뒤 이대로 녹여 버린 건 아닌지
짠 기억을 대신했던 쓸쓸함으로
근심 만들 일도 아니라고
나를 가리고 다른 몸으로 녹아드는 즐거움인가
쓴물 빠지면 살아 있는 것들을 위해
햇볕과 바람 따라 가볍게 떠날 것이니

一

소금 한 줌 솔솔 뿌린다

숨죽은 배춧잎에 내 일상의 뻣뻣함도

부드럽게 잦아들 것만 같은데

소금은 결코 썩지 않을 테지만

다디단 소금이 된다니

하얀 햇살이 손에 만져지면

파닥이는 바다 생명들 사이를 흘렀던 짜디짠 기억들

얼마 안 있어 향기롭게 입안에 고일 거라고

풍선인간

사람 숲으로 오갈 데 없는 신촌사거리
공짜폰 선전에 사지를 뒤틀면서
풍선인간은 길이 열려 있다고 유혹한다
어서 와! 어서 와!
온몸을 흔드는 일이 자신을 지키는 일이라는 듯
누구를 위해 춤을 추는지
무엇이 저토록 허리를 꺾어 엎드리게 했을까
공짜도 모자라서 관절조차 끊어
텅 빈 허울을 둘러쓴 채
아랑곳하지 않고 막춤을 춘다

흔드는 세상 속에서만 오늘을 살 수 있다는데
하늘 높이 날아 지친 몸을 아물 수 있게
날개를 다는 퍼포먼스일까
뻥 뚫린 가슴을 덮을 수 있게
바람을 휘어잡듯 피에로는 외쳐 댄다

저를 통째로 드립니다
주머니가 빈 분일수록 우대합니다

목적지를 가르쳐 주지 않는 먹장승처럼
설탕으로 혀끝을 마비시키는 버블빵처럼
마지막까지 털어놓지 않으면 안 될 것 같은
이제는 명목도 없이 흔들리게 되었다고
일부러라도 흔들려야 한다고
바람이 머물러서가 아니라
스스로 바람을 만드는 일이
홀로 향기를 채우는 일이라고
오직 자신을 위해 추는 춤이라고
혀와 몸을 버리고 그대로 따라 하기만 하면 된다고
밤을 낮에 이어 붙이며 피에로는 풍선을 들고 있지

조약돌이 웃고 있네

해안가에서 많은 이야기가 들려왔어
세이렌의 목소리 환청일까
달의 골짜기에서 스케이팅을 하고 있거나
트랙을 도는 레이서거나
트리플 악셀을 하는 발레리나의 피멍 진 발톱이거나
물이 스며든 조약돌이 LP판의 음악처럼 번지고 있었어

물이 감싼 불이
어느 산맥의 굽이를 돌아 산책 중일까
공기를 품은 땅에 입을 맞추고
바람의 깃에 손가락을 꽂거나
해의 웃음을 새기거나
새들의 트랙을 가진 불덩어리가
어디쯤에서 떨어져 나왔을까

질퍽하게 엎질러져 흘러가는 문장을 쓰면
무수한 발들과 손가락이 생겨나
몸을 구르며 길을 만들면
파도의 산더미와 같아지곤 해
고래 등을 지나왔을 물방울

토성의 고리처럼 무늬 지어지고 있어
달아나려는 아픔을 잡아 두려고
길을 잃기도 하면서 귓바퀴는 형태를 잃었지
당신은 눈물 한 방울로 떨어지다가
날아가던 새를 바라보며 미소 지었지

다 보고 있지
다 듣고 있지

조약돌이 LP판 속에서 소리 내며 웃고 있어
허둥대며 말려들어 가는 당신처럼
따뜻한 진동 부스러기들 공감들이 쏟아지고 있어
고래 들소 나무와 새들이 드나드는 곳
너무 멀어 잊어버린 곳
아득한 곳으로 귀를 기울여 보네

풍난이 피다

뿌리 가릴 한 줌 흙마저 버리고야
화관을 쓴 풍난이
목마른 풍경으로 오월을 지키네
공중에 떠다니는 꽃들의 깔깔거림
향에 취해 미끄럼틀 타는 하루살이
분무기 물방울의 폭죽놀이 속에서
난데없이 몇 년 만에 피어난 풍난이
방 안을 꽉 채우네
침묵은 사뭇 다른 경로로 다가와
너무 높되 위험하지 않고
참 우연한
하마터면 푹 꺼질 듯
치열한 언어들의 숨소리
눈보라를 지나
처음 내게 안겨 온 사막의 물고기였나
네가 숨 쉴 수 있도록
네 웃음소리가 들릴 수 있는 거리에서
네 고개 따라
내 마음도 기우뚱
바다로 간다

사랑과 예술적 실존 사이에서

박동억(문학평론가)

1. 입구를 맴돌며

내면의 표현은 시인의 특권이 아니다. 시인만이 정성을 다하는 것은 아니기 때문이다. 길모퉁이의 꽃집 사장이 꽃을 다듬는 손끝에도, 회전초밥집 요리사의 지친 뒷모습에도 마음은 담겨 있다. 시인의 마음만이 오롯한 목적을 지닌 것은 아니다. 자본가는 돈을 벌기 위해서, 탐험가는 풍경을 위해서 진심을 다한다. 아마도 시인이 유일하게 행하는 것은 체념일 것이다. 그는 주어진 삶보다 마음이 크다는 것을 안다. 삶을 다할 때까지 마음을 완수하지 못하리라는 것을 확신한다. 마음은 항상 넘치는 것이다. 그리하여 마음은 기록된다. 시인의 사후에도 마음을 운구하고 완수하기 위해 한 권의 책은 완성되어야 한다.

장수라 시인은 어떠한 순간 마음을 기록해야 한다는 의무에 도달했을까. 그에 따르면, 한순간의 접촉이 내면을 요구한다. 서시 「회전문」은 "당신과의 통화와 어느 작가의 몇

119

문장으로도 오래된 이미지"가 바뀌게 되는 순간을 그린다. '당신'의 목소리나 '작가'의 문장이 새로운 '나'를 상상하게 만들었다는 의미이다. 그들의 언어는 아름다웠고, 아름다웠기에 매혹되었고, "문을 열기 전의 나를 이젠 기억하지 못한다"라고 시인은 쓴다. 즉 매혹되기 이전의 '나'를 잊을 만큼 매혹된 이후의 '나'는 판이하게 달라지고 말았다.

그러나 이것은 충분치 않다. 아름다운 만남이나 예술이 한 사람을 독자로 탈바꿈하는 계기일 수는 있어도 시인이 되고자 하는 계기는 아니기 때문이다. 그다음 작품인 「구름 안부」에서도 어떤 그리움이나 아쉬움의 눈길로 구름을 바라보는 시인을 만나게 되는데, 이 또한 어떤 꿈이나 사람에 대한 감정에 그친다. 진정 시적인 정서는 「버찌가 까맣게 톡톡」에서 "도달점을 찍지 못한 서러운 혼잣말"이라는 시구로 암시되고, 「꽃을 사러 가」에서 선명해진다. 시인은 "꽃을 태우기 위해 꽃을 사러" 간다고 쓴다. 그가 바라는 것은 "꽃의 유령"을 만나는 일이다. 그 의미는 뚜렷하다. 장수라 시인이 눈길을 둔 것은 영혼인 셈이다.

다시 차분히 「꽃을 사러 가」를 읽도록 하자. 이 시의 모티프는 드라이플라워, 즉 꽃을 말리는 행위를 연상시키지만, 시인이 '말리다'라는 동사를 '태우다'라는 동사로 바꾸었을 때, 시인의 의식 속에서 연상한 것은 꽃의 번제(燔祭)라고 할 수 있다. 번제는 제사의 일종이다. 많은 문화권에서 제사에 사용된 곡식과 고기는 다시 사람의 식탁에 올랐다. 그러나 공양물을 신에게 오롯이 바친다는 의미로 아예 불태워 버리기도 했는데, 이를 번제라고 부른다. 마찬가지로 시인은 꽃을 불태운다. 이는 꽃의 아름다운 형상과 향기를 즐기는 것이 아님을 뜻한다. 대신 시인은 말라 가는 꽃을 '악기'에 비유하며 어떤 소리를 듣는다. 시인의 귀가 바라는 것은 "이 세상 어디에도 없는 꽃"의 소리를 듣는 것, 즉 꽃의 영혼을 만나는 것이다.

"꽃의 유령"과 "마른 영혼"이라는 표현은 곧 꽃의 영혼이 존재한다는 믿음을 드러낸다고 할 수 있다. 그런데 그러한 믿음은 왜 필요한가. 어쩌면 시인은 영혼이 있다고 믿어야만 삶을 견딜 수 있지 않았을까. 삶 이후에도 지속하는 영혼이 있어야만 한다는 믿음에는 어떤 조바심이 깃든다. 예컨대 다른 시에서 "그대 손에 도착하기도 전에 해가 저물었습니다"라고 시인은 쓴다(『모란을 그대에게 보여 주려고』). "내 말년을 위한 거처 한 칸/마련해 두면 좋겠다는 소원 같은 다짐도 했다"라고 말해 보기도 한다(『국수역에 가면』). 여기에는 아직 진실한 관계를 이룩하지 못했고 진정 '나'만의 장소를 소유해 보지 못했다는 회한이 깃든다.

페르시아 시인 루미의 노래를 기억합니다

진주 하나가 경매에 올랐는데
아무도 그것을 살 만큼 돈이 충분하지 않자
진주는 지신을 사 비렸답니다

어떤 누구도 나를 기억하지 않듯이
어느 누구도 나를 선택하지 않듯이
나만이 나를 구제할 수 있듯이
스스로 나를 구원해야 하듯이
내게 손을 내밀어 나를 끌어올려야 하듯이

당신은 말했습니다
그런 운명을 모색하고 있다고요

　　　　　　　　　　　　　　　—「빌린 이야기」 부분

  구원은 무엇으로부터 오는가. 타인의 손을 빌려서는 구원을 이룰 수 없다는 것, 경매에 오른 진주가 자신을 구매하듯, 사람은 자신을 기억하고 선택해야 한다는 믿음을 시인은 단언한다. 한편으로 이 작품의 메시지는 구조적 역설을 지니는데, 그 이유는 제목이 가리키듯 홀로 서야 한다는 깨달음을 시인 스스로 얻은 것이 아니라 페르시아의 시인 잘랄루딘 루미(Muhammed Celâleddîn-i Rumi, 1207-1273)에게 "빌린 이야기"이기 때문이다. 그렇기에 이 작품은 운명을 '발견하는' 것이 아니라 '모색하는' 데 그치고 마는 것일까.
  우리는 앞서 시인이 「꽃을 사러 가」에서 애틋하게 발음했던 시어인 "마른 영혼"의 함의에 도달할 수 있다. 영혼은 자신의 힘으로 자신을 구원하는 장소이다. 사람은 타인의 손을 빌려서도, 타인의 목소리에 기대서도 자신을 구원할 수 없다. 왜냐하면 '당신'의 목소리는 닿을 수 없는 장소이기 때문이다. 삶의 끝까지 '당신'과의 거리는 아득한 상태로 남는다. 이러한 인식은 지속한다. 결국 사람은 이 세상이라는 '바다'를 이해하는 대신 "허파에 대해 생각하고 잠수에 대해 생각"할 수밖에 없을 뿐이다(「바다의 설법」). "타인의 손가락 끝을 주시하며 방향을 잃을 때 나의 턱은 늘 초승달처럼 차오르기를 기다"리다가 끝내 이 기다림 또한 열매일 거라고 '거짓말'을 할 수 있을 뿐이다(「턱」).

　따라서 이 시집에서 스스로 이룩해야 할 '영혼'은 아직 미완이다. 줄곧 '당신' 또한 발음해 보지만, 근본적으로 그것은 닿을 수 없는 타자와의 관계를 환기할 뿐이다. 마찬가지로 관능적인 호명과 촉각적 모티프가 반복될지라도 그것은 끝내 이룰 수 없는 접촉을 떠올리게 한다. 우리는 서시의 제목이 "회전문"인 이유에 대해서도 이제 깨닫는다. 서시의 주제는 표면상 '당신'-예술과의 만남을 통한 자기 갱신이다. 하지만 시인이 "문을 열기 전의 나를 이젠 기억하지 못한다"라고 단언하고자 했다면 그것은 그저 일방향의 '문'이어야 하지 않았을까. 이와 달리 시인이 회전문을 연상할 수밖에 없었던 이유를 상상해 본다. 어쩌면 그는 되돌아오게 될 것이라고 믿었을지도 모른다. 회전문처럼 제자리를 맴돌며 떠나지 못할 것이라고 생각했을지도 모른다.

2. 여실한 사랑

　감지할 수 있는 것은 어떠한 주저함, 머뭇거림, 망설임이다. 이전의 '나'로 남는 것과 새로운 '나'로 바로 서는 기로 사이에서, 시집 전반의 두드러지는 정서는 어떠한 정체감과 슬픔이다. "어떤 구름은 멈춰 있었죠"(『파프리카』), "정지된 음표의 표정들"(『슈베르트는 내게 안전하지 못하다』), "적절한 문장을 찾지 못하고 있습니다"(『내 이름은 필로멜라!』)와 같은 정체감을 드러내는 시구와 "뭉툭해진 눈물"(『버찌가 까맣게 톡톡』), "펑펑 눈물"(『턱』), "눈물의 문"(『양파를 까고 있는 것일까』) 등 슬픔에 관련한 시어를 시집 전체에서 쉽게 발견할 수 있다.

그리고 이 정체감과 슬픔의 배후에는 '당신'을 향한 사랑이 놓인다. 일단 슬픔은 상실의 감정이며, 정체감 또한 상실에서 기인할 가능성이 높다. 그래서 물어야 할 것은 이 시집에서 근본적으로 상실한 대상이다. 이는 쉽게 대답할 수 있듯 '당신'이다. 시집의 제목부터 본문 전체에 이르기까지 '당신'이 간절하게 발음된다. 물론 '당신'은 꼭 한 사람을 가리키는 것도 아니고, 때론 사람을 지칭하는 것도 아닐 수 있겠으나 기본적으로 '당신'이 사랑하는 대상에 대한 그리운 호명 방식이라고 이해하는 것은 유효한 독법이 되겠다.

카페 앞 종로경찰서는 그냥 풍경일 뿐
봄의 목젖을 간지럽혀 그날의
여자와 남자를 하얗게 토해 낸다

늘 나무를 뒤로 보내는 꽃잎들, 당신이 온 듯

하얀 재가 되어 날린다

당신이 두고 간 봄마다 변절의 말을 뱉고 있다

　　　　　　　　　　　—「봄이 오면 종로경찰서로 간다」 부분

숲속에 들어서니 당신이 불렀다 알프스산맥 같은 등을 엎
드리며 업어 주겠다고 했다 새들이 일제히 지저귀기 시작했
다 미루나무 잎 부딪히는 소리가 쏟아지는 총격 같았다 가슴
을 두들기는 이름, 울림 없는 부두와 없는 도시가 출렁였다
어떤 대답을 할지 몰라서 돌탑 사이 빨간 야생화에 겨우 시선
을 두고 있었다

　　　　　　　　　　　　　　　　　—「시선」 부분

꽃을 아직 보지 못했군요 천 년도 더 된 정원이에요 하늘
아래 땅, 물이 흐르는 곳 그 공원에 꽃씨를 뿌리면 가운데서
부터 천 개의 태양이 뜨고 있다지요 수선화와 튤립 구근을 심
은 곳에 그대는 색조 빠뜨린 겨울 안부를 전해 오겠지요

　　　　　　　　　　　　—「페르시아 양탄자 정원」 부분

'당신'이라는 시어를 자연스럽게 떠오르게 하는 감정이
사랑이고, 그 배후에 따르는 슬픔이 이별을 유추하게 한다
면, 중요한 것은 사랑과 이별을 어떠한 자세로 받아들이는
지 되묻는 일이다. 「봄이 오면 종로경찰서로 간다」에서는
'당신'이 아름다운 풍경과 함께 추억된다. 아마도 시인은
꽃잎이 흩날리는 봄마다 '당신'과 함께 있었던 "그날" "풍

경"을 떠올려 왔을 것이고, 가장 아름다운 봄의 풍경을 마주하면 더욱 아프게 '당신'이 건넨 "변절의 말"을 떠올렸을 것이다. 이 작품의 "꽃잎들"은 황홀한 사랑의 순간을 떠올리게 하고, 이윽고 꽃잎이 "하얀 재"로 변화해 가는 것은 그리움과 회한을 표현한다.

한편 「시선」은 '당신'이 '나'를 업어 주겠다고 제안하지만, 수줍음을 느끼고 어떤 대답을 할지 모른 채 시선을 피하던 순간을 떠올린다. '당신'의 호혜가 "알프스산맥 같은 등"이라는 비유를 통해 드러나고, 두근거리는 심장이 '지저귀는 새'와 "미루나무 잎 부딪히는 소리"로 표현된다. 설렘의 순간을 묘사한 작품이라고 할 수 있다. 「페르시아 양탄자 정원」은 「봄이 오면 종로경찰서로 간다」와 마찬가지로 사랑의 추억으로부터 아름다움과 고통을 한꺼번에 느끼는 순간을 그린다. 꽃씨를 뿌린 정원을 바라보며 시인은 "천 개의 태양"처럼 피어날 수선화와 튤립을 떠올리는 동시에 '그대'가 "색조 빠뜨린 겨울 안부"를 전해 올 것이라고 예감한다. 왜 시인은 봄과 겨울을 동시에 떠올릴 수밖에 없었을까. 이 작품에서 시인은 '그대'를 정원에 초대하지만, 동시에 그가 "겨울 안부"만을 전하며 찾아오지 않을 것을 예감하고 있는 것처럼 보인다.

사랑이라는 감정이 세계를 이해하는 시인의 비유를 사로잡고 있다. 위에서 다룬 세 편의 시를 관통하는 것은 사랑의 여실함이다. 여전히 '나'는 '당신'이 그립고, '당신'을 추억하며, '당신'의 부재가 아프다. 사랑의 감정은 시집 전체에 배음처럼 흩어져 있다. 더 나아가 사랑은 시인이 세계를 표현하는 문법을 이룬다. "사람의 마음을 조각하는 것이 사랑이라면, 서늘한 날에 찔리면서 당신을 향해 가던 중 무엇이 충분하지 않았을까"와(『타투』) 같은 사랑에 대한 직접적 언술만 사랑의 문법으로 쓰인 것은 아니다. "죽은 나비"를 바라볼 때도 "나비를 향한 사랑"이라고 쓸 수밖에 없는 마음이 있고(『향유』), 크로와상을 맛볼 때도 느껴지는 "사랑의 맛"이 있다(『크로와상』). 더 나아가 우주를 상상할 때도 "138억 년 전에 거대한 폭발을 했던 우주가 크리스털을 쏟아 내듯 가슴속 말들이 쏟아지오 내 몸이 당신 몸을 뚫고 가면 얼마나 좋을까"라고 시인은 쓴다(『우주팽창론』).

사물과 동물과 우주를 체험하는 시인의 가장 내밀한 시선으로서 '사랑'이 놓인다. 더 정확히 말해서 "잡으려 손을 뻗으면 멀리 달아나는 나비 한 마리"처럼(『향유』) 손에 잡히지 않는 사랑의 시련이야말로 세계를 체험하는 시인의 원초적 몸을 이룬다. 이 시집에서 나비는 언제나 '외날개의 나비'이며, 이는 사랑의 시련을 견디는 외로운 실존을 표현하는 개인 상징이다. 이 시집에서 나비는 "나비 한쪽 날개, 한쪽을 찾지 못한 장갑 한 짝"이거나(『턱』) "한쪽 날개가 없는 나비"이다(『동어반복』). "사랑해 본 적 없는 사람들이 휘적 휘적 우화 중이던 자신의 나비 시절을 지우고 있었다"라고 말할 때(『다정한 사람』), 그것은 시인 자신에 대한 이야기이기도 하다. 한쪽 날개만 남은 나비처럼, 여기 반쪽의 마음으로 자신을 이루어야 하는 사람이 있다.

3. 홀로 설 수 있다는 허구

이제 답할 수 있다. 왜 시인이어야 했는가. 홀로 이루어야만 했기 때문이다. 예술 작품이 그 자체로 하나의 세계를 이루는 완전성의 관념이라면, 사랑과 이별이 배음으로 깔린 이 시집에서 예술은 자족을 이룰 수 있는 매개가 된다. 이를테면 슈베르트의 음악을 들으며 "당신도 나도 견디는 날엔 원하는 빛을 건지기 위해 커튼을 내린다 슬며시 찾아드는 석양엔 소나타 음표만큼 쉼표가 많다"라고 시인은 말한다(「슈베르트는 내게 안전하지 못하다」). 또한 장국영이 출연한 영화를 보며 "그의 사랑은 필름을 건너다녔어요 한 번도 연인을 향해 먼저 뒤돌아보지 않았어요"라고 그는 말한다(「장국영, 영화 세 편을 본 날」). 이처럼 예술은 외로움을 견디거나 이제 홀로 서기 위한 원동력이 된다.

이 시집에서 고독은 부정적 감정이 아니다. 도리어 고독은 도달해야 하는 경지이다. "동물원을 깨부수고 야생이었던 그곳에서/고독이 처음인 것처럼 마지막 종이 되어야지"라는 시구는 바로 고독해지기 위한 각오를 뜻한다(「갈라파고스 해변에서」). 자아가 홀로 견디는 힘을 기를 때 비로소 시적 자아는 원하던 장소에 도착할 것이다. 고독이란 무엇일까. 시 「타투」에서 시인은 문신을 새긴 한 청년의 팔을 바라보다가 문득 떠올린다. 피부는 "서늘한 날에 찔리면서 당신을 향해 가던 중"에 모든 것을 끊어 내고 "한 자루의 나를 낮추며 들판을 향해 가는 거"로 옮아가는 것이 아닐까 하고 말이다(「타투」). 누구나 언젠가는 고독해지는 것이 삶이라면 제 살을 제힘으로 견딜 수 있어야만 한다고 말이다.

　그리하여 시 「박쥐 자르기」에서 시인은 제 살을 도려내는 극적인 상상에 도달한다. 꿈속에서 그는 박쥐였고, 그는 자기 몸을 가위로 잘라 낸다. "자른다는 건 염증으로부터의 해방, 꿈에서 죽이는 일을 했네 아침이 되어서야 밤새 떨어져 나간 어깨 무릎 손가락 발가락 하나하나를 확인했네 한 마리 새가 동굴 속에서 날아오르고 있었네"라고 그는 쓴다. 박쥐의 몸을 잘라 낸 뒤 탄생하는 한 마리의 새가 있다. 그것이 시인이 바라보는 최후의 실존일지도 모른다. 자신을 구속하던 그리움과 슬픔을 고통스럽게 잘라 낸 뒤 홀로 날아갈 수 있는 한 마리의 새를 이룬다. 어떠한 순간 그 고독의 경지에 도달할 것인가. 이것이 시인이 품었던 물음으로 보인다.

　　그 웃음에서 운명을 꿈꾸었던 시간을 보았다
　　삶의 변수가 올 줄 아직 모르는 나이
　　변수를 예감할 때 누구나
　　조금씩 시접을 준비하기 시작한다
　　여분의 천 조각을 내어 수선해 보아도
　　겨드랑이 옆구리 사타구니 우리 몸 구석구석
　　곡선의 결을 따라 다른 온도로 숨어 있는 마음들
　　변수를 둔 상태는 불투명하다

　　시접을 모두 써 버려 감당할 여백이 없을 땐

자신을 통째 버리거나 품을 떠나보낸다

몸에 맞지 않는 옷은 버려질 뿐이다

나를 통째 던져 버리는 날은

사람에 대한 온도가 잠시 멈출 때

시접은 온전히 시접으로서 태도를 보인다

몸을 구겨질 대로 구겨 공그르기 박음질을 한다

부서져 사라지는 그 이름도 시접 속으로 접어 감춘다

안쪽으로 접어 둔 채 영영 꺼내 보지 않거나

어제를 조용히 정리하는 날엔

시접은 더 이상 자라지 않는다

찬바람 같은 이름

먼 산자락 고드름 떨어지는 소리처럼

몸은 멀고도 멀다

—「시접」 부분

  시인이 이루고자 하는 존재의 형상을 잘 보여 주는 작품
이다. 몸에 꼭 맞는 옷처럼 마음을 알맞은 크기로 재단할
수 있을까. 이러한 물음 속에서 위 작품은 창작된 것처럼
보인다. 제목인 "시접"이란 옷을 만들 때 원단에 여유를 둔
부분이다. 시접은 옷의 크기를 늘리거나 줄일 때 활용되는
데, 이 작품에서 이러한 시접은 마음을 '수선하는' 비유로
활용된다. 어떤 마음을 드러내고 어떤 마음은 감추면서 사
람은 마음을 다루는 법을 익힌다. "삶의 변수가 올 줄 아직

모르는 나이"에는 마음을 다했을 것이다. 그러나 이젠 마음의 여력을 남겨야 하는 이유를 안다. 때론 "시접을 모두 써 버려" 여력조차 갖추지 못할 것을 안다.

결국 시인이 이루고자 하는 존재는 관계론적 평온이라고 할 수 있다. 관계에 자신을 내던지거나 사람에게 체념하는 경험 속에서 시인이 이루고자 하는 것은 '당신'의 이름은 간직하면서도 "어제를 조용히 정리하는 날"을 맞이할 수 있는 평정심이다. 어떻게 그러한 마음, 그러한 몸에 도달할 수 있을까. 그것이 쉽지 않다고 느끼기에 "먼 산자락 고드름 떨어지는 소리처럼/몸은 멀고도 멀다"라고 이 작품은 끝맺는다.

이러한 맥락에서 장수라 시인에게 예술은 길을 잃지 않게 하는 부표이자 마음을 다잡는 위로일 것이다. 시 「샌드 아트」에서 모래로 그린 그림이 다시 모래 더미로 되돌아가는 것을 바라보며, 시인은 "모든 것은 본래로 돌아가기 위해 있나 봐요"라는 인식을 얻는다. 이것은 허망함을 드러내는 진술이 아니다. 오히려 어떤 고통과 상실에도 되돌아올 수 있는 자기 존재가 있다고 믿기 위한 문장이다. 이윽고 시인이 "나약하다고 하지 말아요/하나도 남김없이 나를 돌려줄게요"라고 말할 때, 그가 인식하는 예술의 본질은 '나'로 되돌아오는 힘에 있음을 알 수 있다.

그러나 아직 그는 그의 몸이 '멀리 있다고' 했다. 그렇기에 시인은 자신의 삶을 고행으로 받아들인다. 충분히 견딘 이후에 홀로 설 수 있을 것이다. 시인이 거리 속에서 발견하는 것은 지친 몸이다. 박스가 가득한 리어카를 끄는 할아버지와 자신을 동일시하기도 하고(「독립문 횡단보도에서」), 휴대폰 대리점 앞의 풍선 인형에 눈길을 두기도 한다(「풍선인간」). 그는 그들이 불행한 자라고 말하지 않는다. 오히려 그 지친 몸속에서 "홀로 향기를 채우는 일"이 일어나리라고 기대한다(「풍선인간」). "짜디짠 기억들"은 오랜 견딤 이후에 "다디단 소금"을 이룰 것이다(「소금」).

　이것은 확신이 아니라 믿음이다. 나는 장수라 시인의 시를 해설할 때는 확신이라는 단어를 사용하지 않았다. 왜냐하면 시인이 다음과 같이 말하고 있기 때문이다. "절망의 반대말은 희망이 아니라 허구라는 것을//믿고 또 믿는 것"(「허구의 힘」). 이처럼 시인은 삶의 어려움을 극복할 수 있다고 확신하지 않는다. 다만 절망을 극복하는 허구를 '믿고 또 믿을' 뿐이다. 적어도 이 허구는 마음의 무거움을 덜어낼 것이다. "바람이 불면/바람을 잘 타야 한다며/나뭇잎이 전화를 걸어오지"라는 자연적 상상력도 마음을 가볍게 하는 허구이고(「거미의 비행」), "더 높이 올라가다가 끝까지 떨어져 내려도/팡팡 터지는 불꽃놀이 같은 웃음이 있는 곳/난 날마다 놀이터로 간다"라는 동화적 상상력도 가슴을 따듯하게 하는 허구이다(「날마다 공룡놀이터로 간다」). 예술은 위안이다. 그것은 "따뜻한 진동 부스러기들 공감들이 쏟아지고 있어/고래 들소 나무와 새들이 드나드는 곳"이다(「조약돌이 웃고 있네」).

　아마도 나는 이 시집이 예술 작품처럼 자기 존재를 완성해 나가는 실존적 여정으로 귀결한다고 해설하며 끝맺을 수도 있을 것이다. 하지만 나는 이렇게 묻는다. 진정 시인은 홀로 서기를 바라고 있을까. 마음의 평온을 바라고 있을까. 나는 이 시집에서 오롯한 평온이야말로 진정 연출하고 있는 허구일지도 모른다고 생각한다. 오히려 시인은 사랑에 좌절하기를, 실패에 회한하기를, 외로움에 변절하기를 욕망하고 있는 것은 아닐까. 이 흔들림에 마음이 좌초하기를, 여전히 가쁜 숨결을 바라고 있는 것이 아닐까. 이를테면 「풍난이 피다」라는 작품에서 시인은 이렇게 말한다. "네가 숨 쉴 수 있도록/네 웃음소리가 들릴 수 있는 거리에서/네 고개 따라/내 마음도 기우뚱/바다로 간다". 어쩌면 이 시집이 놓이는 정확한 위치는 "기우뚱" 흔들리는 바다이다. '나의 숨'과 "네 웃음소리" 사이를 맴도는 표류이다.